克服懒惰的詹姆斯

James Works it out

勤 勉 | Diligence

[澳]肯·斯皮尔曼/著 [新加坡]陈俊强/绘 彭安琪/译

四川科学技术出版社

第一章

"妈妈，你可不可以过来帮帮我？"

詹姆斯又被功课难住了。

妈妈正在刷朋友圈，她抬起头说道："你自己动脑筋了吗，詹姆斯？有些问题可能有点儿难度，但那正是它们的意义所在啊。你只需要静下心来思考就能解决。"

　　詹姆斯重读了一遍那道最难的题目。他认识每个字，但是它们组合在一起就让人糊涂了。

　　肯定有人能明白，甚至是很多人。詹姆斯多么希望自己是他们其中的一个啊，但很明显，他不是。

　　他想到了凯恩，学校里的一个男孩，总能轻而易举地解答问题。他想到了汉娜，他的表妹。林达姨妈说，如果可以的话，汉娜会把功课当早餐吃。

　　他还想到了爸爸。任何事情对爸爸来说都易如反掌。

"妈妈，我真的不知道该怎么做。"

妈妈叹了口气，倒了两杯水在他身边坐下。

"我们试试这个方法，"她用手指着课本说，"一句一句大声朗读出来。"

读完第一句的时候，妈妈看着詹姆斯说：

"现在，这句话你懂了，对吗？"

"差不多。"詹姆斯回答。

"继续读。"

突然，詹姆斯恍然大悟。

"啊，原来是这样。"他说，"谢了，妈妈。"

"我什么都没做，詹姆斯。你没意识到吗？你还是老样子——只要任何事情看起来有点儿复杂就不想开动脑筋。但是，在这种时候更应该积极思考才是啊！"

妈妈生气了。詹姆斯想，会不会是因为自己打断了她刷朋友圈呢？

　　"拼图放我桌上两个星期了，如果你不打算把它拼完就收起来，我好工作。"随后，妈妈对詹姆斯说，"你的衣服怎么收拾到一半又不收了？半途而废等于没做！"

爸爸一向很了解妈妈的脾气。

"你们没事吧？"他刚进家门就问道。

"没事。"妈妈说，"好得很。"

爸爸咽了口唾沫，看了眼詹姆斯。

"我们等下再聊。"他对妈妈说。

第二章

爸爸想要健身，他拉上了詹姆斯。

"我们出去慢跑吧。"他说，"我们今天就先围着公园跑一圈，以后再逐步加大运动量。"

詹姆斯难以置信地看着爸爸。

"为什么？"

"嗯——"爸爸说，"我整天坐在办公室里，你整天坐在教室里。回家以后，我们也是坐着。我们正在变得越来越懒。"

　　"但是，我在学校里有运动啊！"

　　"不够。"爸爸回答，"一个强健的体魄需要的更多。"

　　詹姆斯没有争辩。他只希望爸爸的兴致会随着汗水蒸发殆尽。

　　詹姆斯不喜欢运动。凯恩告诉他，大部分运动都是英国人发明的。他们俩都希望英国人在制造出第一台抽水马桶后，能放弃发明这条路。

　　一开始，跟爸爸一起慢跑不算太坏。但是爸爸总是想跑得更远，詹姆斯不知道这有什么意义。

对詹姆斯来说，喘粗气是身体发出的停止信号。而对爸爸来说，这表明身体状况不佳，只有加强运动才能强健身体。

"我又不是要去跑马拉松。"詹姆斯不满地说，"这简直是疯了！"

"我有个主意。"妈妈对爸爸说，"我们定一个目标，如果我的体力也跟上了，我们一家人可以一起参加城市乐跑赛或者迷你马拉松。"

"我不要参加马拉松，也不要参加什么迷你马拉松。我也不想再绕着公园跑了。我放弃了，行不行？"

爸爸跟妈妈交换了一下眼神。

"那也没关系，詹姆斯，"爸爸说，"你可以放弃。但是——你妈妈和我都有点儿担心，你总是容易放弃。"

　　"有时候你需要付出努力。"妈妈补充道，"这样才能提升，才能成长。"

　　谈话不再是关于跑步，詹姆斯对话题的
突然转移感到困惑。

　　他知道，当自己没有完成模型，或者中
途放弃完成一半的拼图时，妈妈会失望。对
他来说，这没什么大不了的。为什么她要为
此烦恼呢？

　　妈妈继续说道："有多少次，你自己明明能做出来的题目，却还是要我们帮忙？如果你专心致志的话，你会进步很多——你的几位老师都是这么说的！"

　　"我尽力了。"詹姆斯说，但事实上他不确定自己讲的是不是实话。"我只是不想跑马拉松而已，没别的！"

　　"我说过了，你可以放弃。"爸爸说。

　　然后他闭上眼睛，试图让自己冷静下来。

　　"我想，我也没必要继续了。"

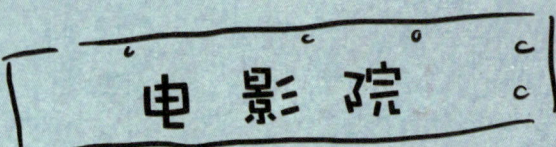

第三章

星期天的时候，爸爸带詹姆斯去看电影。

妈妈在逛街买衣服——像往常一样，她发微信给爸爸，说她还要多逛几个小时。

"只有一件事情可以做了，"爸爸笑道，"咖啡时间。我喝咖啡，你吃蛋糕。"

"太好了！"詹姆斯想。

　　詹姆斯点了他最爱的蛋糕——上面有两
个冰淇淋球。

　　爸爸抿了一口热拿铁。

　　"你可能觉得妈妈和我有时候对你有点
儿严厉。"他说，"你在学校表现良好，是
个好孩子。我们为你骄傲。"

　　詹姆斯想说"谢谢"，但是他嘴里塞满

了蛋糕。"我给你讲一个故事吧。"爸爸继续说，"是一个真实的故事，关于你妈妈的家庭。"

讲吧，詹姆斯想。家庭故事应该会有趣。如果没趣的话，蛋糕可以弥补。

"你外公工作很勤奋，以至于你妈妈

经常见不到他。他白天送货，晚上开出租车……"

"爸爸，妈妈跟我讲过了——外公也讲过。"爸爸抬了一下眉毛。

"啊，但是我肯定有些事情他们没有告诉过你。外公的爸爸，也就是你的外曾祖父……你外公这么努力工作是因为他。"

听起来很有趣。

"为什么？"

"因为他很懒惰。他继承了一大笔财产，然后……"

"等等，所以我们家本来应该很有钱？"这个想法令詹姆斯激动不已。

"没有人'本来'应该有钱——有些天生富有的人就不明白这一点。你外曾祖父就是这种人。他认为勤奋工作是别人的事。他唯一用心做的事就是花钱。"

詹姆斯咧嘴笑了。这样的事他也可以做得很好。

"这事一点儿也不好笑，詹姆斯。你去问问你外公就知道了。在他比你还小的时候，家里就一贫如洗了。你外曾祖母不得不去街上摆摊儿。她买回家的东西，能拿的都被她丈夫拿去赌博，输得一干二净，也许他是想再一夜暴富吧。"

　　妈妈只要一提起外公的生活，眼里就会闪着泪光。现在詹姆斯知道原因了。

"你外曾祖父去世时，你外公没有继承任何财产。他从零开始，辛勤工作，照顾自己的母亲、照料自己的妻子，然后养育了林达姨妈和你妈妈。"

"外公是最棒的。"詹姆斯说。

爸爸点了点头。

"你说得对。但是长年劳累使他身体变成了现在这个样子！"

第四章

詹姆斯挤在汽车的后排座位上，身旁堆满了购物袋，足以让回收厂忙上一个星期。妈妈看起来心满意足。

"我跟詹姆斯讲了你爷爷的事。"爸爸边说边驱车拐过地下停车场的急转弯。

"讲了他的所作所为使身边的人活得很艰难。"

"是吗？"妈妈说，"为什么？"

　　爸爸犹豫了一下："嗯……为什么不呢？
也许他能从中吸取教训——关于勤勉。"

　　"勤勉是什么？"詹姆斯问道。

　　没人回答。爸爸妈妈似乎在进行无声的
交谈。

妈妈打破了沉默。

"我们也可以告诉他一些你家里的事情——你家也不是人人都那么惊人的勤勉。"

不假思索，詹姆斯再次问道："勤勉是什么意思？"

"一个勤勉的人能够刻苦钻研并持之以恒，"爸爸说，"他不会轻言放弃。勤勉意味着不懒惰。"

回到家后，爸爸准备去跑步。詹姆斯一声不响地穿上了袜子，套上了运动衫。

"我没有让你跟着跑。"爸爸说，"不过如果你自己想来，那很好！"

跟上爸爸并不容易。詹姆斯不断鞭策自

己，直到他累得想吐。大滴大滴的汗水从他
额头上流下。

终于，爸爸停下了。

"干得不错，詹姆斯。"他气喘吁吁地说。

詹姆斯上气不接下气，说不出话来。

爸爸在公园长凳上拉伸腿部肌肉时，又打开了话匣子。

"我知道你为什么跟过来。"他说。

詹姆斯茫然地看着爸爸。

"你想证明你并不懒惰，这很好。但是你知道吗？关键不在于跑步——这是我决定做的事情，为了我自己。关键在于你要为自己要做的事情辛勤付出。每当你决定做一件事的时候，一定要全力以赴。听懂了吗？"

詹姆斯点了点头。他确实懂了。

"半途而废会形成一种习惯。这正是你妈妈和我所担心的——我们希望你能养成端正的态度，仅此而已。"

"所以我就不会花光家里的钱，像外曾祖父一样？"

爸爸轻声笑了。

"喂，妈妈今天可能已经把能花的钱都花了。你没看到那一堆购物袋吗？"

穿过马路步行回家的路上，空气一片凝重。

"爸爸，"詹姆斯问，"你告诉我外曾祖父的事情，妈妈并不高兴，是不是？"

"她只是对这件事很敏感。如果你聪明的话，就不要主动提起这个话题……"

"但是，为什么？"

"她还是过不去那个坎儿，詹姆斯——她对外公感到愧疚，对她缺少父爱的童年感到难过。她也知道，自己永远无法补偿他所做出的牺牲。"

"谢谢。"到家时詹姆斯说。

"谢什么？"

"谢谢你告诉我这些事情。别担心，从今以后我会加倍勤扁。"

“勤勉，”爸爸笑着说，“这个词叫勤勉。”

讨论问题

1. 詹姆斯的功课是不是太难？为什么他又被功课难住了？

2. 你觉得为什么当詹姆斯认为事情有些难度的时候，他就不开动脑筋了？你是不是也有过同样的表现呢？

3. 詹姆斯不明白在公园慢跑的意义，因为他已经在学校运动过了。他的态度和爸爸的态度有什么不同？

4. 很快詹姆斯就决定不再绕着公园跑步。你是不是也认识这样轻易放弃的人呢？描述一下那个人，并举例说明他（她）轻言放弃的习惯。

5. 妈妈为詹姆斯没有完成模型和拼图而烦恼，詹姆斯对此感到意外。为什么妈妈这么看重这些事情呢？

6. 詹姆斯明白外曾祖父的所作所为影响了外公的一生。詹姆斯对此是什么感受，他是怎么看待外公的？

7. 当提起她的父亲时，妈妈为什么如此敏感？

8. 你认为是什么原因让詹姆斯决定继续跟爸爸一起跑步呢？

9. 在字典中查找"勤勉"这个词，并写出三个同义词。

10. 你认为随着自己逐渐长大，勤勉将如何帮助你成长？